Este libro
pertenece a:

Massenot, Véronique, 1970-
    Una amistad monstruosa / Véronique Massenot ; ilustrador
Pascal Vilcollet ; traductor Ernesto Camacho. -- Editora Diana López
de Mesa. -- Bogotá : Panamericana Editorial, 2016.
    32 páginas ; 24 cm.
    ISBN 978-958-30-5177-7
    1. Cuentos juveniles franceses 2. Tolerancia - Cuentos juveniles 3.
Amistad - Cuentos juveniles 4. Interacción social - Cuentos juveniles
I. Vilcollet, Pascal, ilustrador II. Camacho, Ernesto, traductor III.
López de Mesa O., Diana, editora IV. Tít.
843.91 cd 21 ed.
A1524045

    CEP-Banco de la República-Biblioteca Luis Ángel Arango

Primera edición en Panamericana Editorial Ltda., abril de 2016
Título original: *Une amitié monstre*
ISBN del libro original: 978-2-35263-066-1
© 2012 Les Editions du Ricochet
Textos: Véronique Massenot
© 2016 Panamericana Editorial Ltda.,
de la versión en español
Calle 12 No. 34-30, Tel.: (57 1) 3649000
Fax: (57 1) 2373805
www.panamericanaeditorial.com
Tienda virtual: www.panamericana.com.co
Bogotá D. C., Colombia

ISBN 978-958-30-5177-7

Editor
Panamericana Editorial Ltda.
Edición
Diana López de Mesa O.
Ilustraciones
Pascal Vilcollet
Traducción del francés
Ernesto Camacho O.
Diagramación
Martha Cadena, Lizeth Sanabria

Impreso por Panamericana Formas e Impresos S. A.
Calle 65 No. 95-28, Tels.: (57 1) 4302110 - 4300355. Fax: (57 1) 2763008
Bogotá D. C., Colombia

Quien solo actúa como impresor.
Impreso en Colombia - *Printed in Colombia*

Una AMiSTAD MoNStRuoSA

Textos de
Véronique Massenot
Illustraciones de
Pascal Vilcollet

PANAMERICANA
E D I T O R I A L
Colombia • México • Perú

Monstruos del bosque

Érase una vez,
entre los monstruos del bosque,
dos vecinos que no se podían ni ver.

¿Por qué razón? Nadie lo sabía.
Los monstruos del bosque son así:
¡unas veces no se quieren… otras veces sí!

Un día, el monstruo Malogroso encontró
una singular semilla en su camino y la recogió.
De regreso a casa, en una pequeña maceta la sembró.

Todas las mañanas miles de cuidados le brindaba,
la cantidad de agua adecuada le daba
y poemas de su libro de jardinería le recitaba.

Al fin germinó la singular semilla
y se convirtió en una singular planta:
robusta, galante y muy bella.
Malogroso en su jardín decidió plantarla...
¡Así es! Justo en las narices de su vecino.

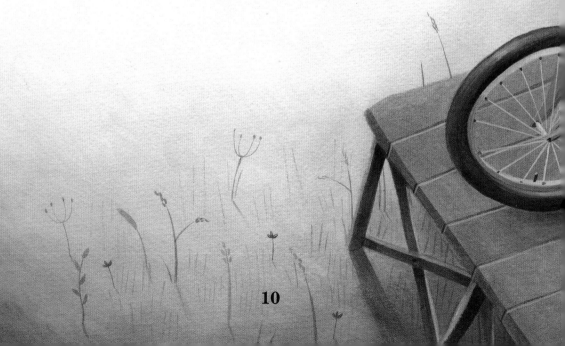

Al ver esto, Testaplana de la rabia explotó.
—¡Esa maleza me va a dar sombra!
¡Arráncala, de inmediato! —gritó.

—¡Con MI jardín hago lo que quiero!
—respondió Malogroso—.
De mi jardinería tienes celos.

¡Más agitado que un ejército de piojos,
Testaplana se sumergió en su jardín como loco!

Estudió sus libros e investigó,
más de diez singulares semillas
encontró y sembró.

También se esmeró en cuidarlas,
regándolas con agua dulce
y recitando hermosos poemas.
Obtuvo en unas cuantas semanas
un espléndido y singular jardín…
¡Así es!
Justo en las narices de su vecino.

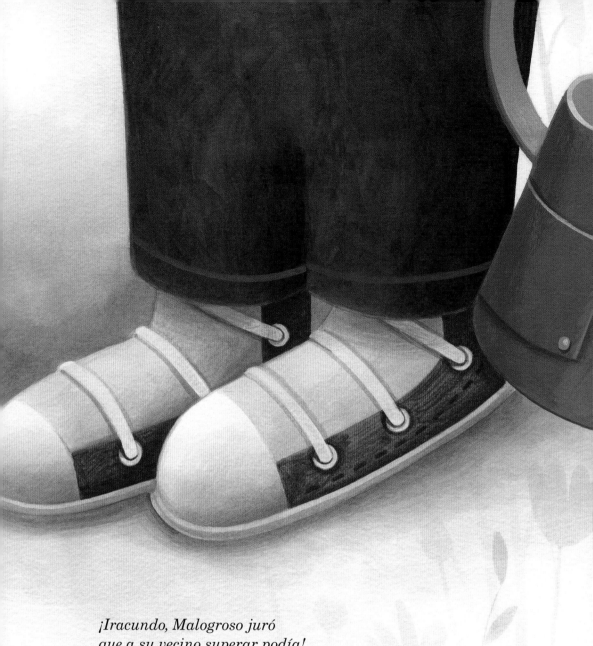

¡Iracundo, Malogroso juró
que a su vecino superar podía!

Su singular planta le concedió
hermosos y singulares frutos,
cada uno con varias decenas
de singulares semillas.
Malogroso las sembró...
¡Así es! Justo en las narices de su vecino. ¡Jijijijiji!

14

Las extrañas plantas,
tan bien cuidadas y mimadas,
por ambos vecinos,
crecieron y florecieron
y cada vez más espacio ocuparon,
y todo el lugar llenaron.

Asfixiaron a las otras flores cuando invadieron el suelo,
y ocultaron el sol cuando invadieron el cielo.

Los dos vecinos, que aún estaban disgustados,
comenzaron a discutir el asunto.
¡No habían previsto que sus plantaciones
cobrarían semejantes dimensiones!

¡Ninguno de los monstruos del bosque
había previsto semejante fenómeno!

Cada uno, en su jardín, fue dejando de regar...

Sin embargo, las plantas, fuera de control,
sobre sus cabezas se siguieron elevando,
y creciendo y creciendo,
continuaron floreciendo.
Y aquí las tenemos.
¡Así es! Justo en las narices consternadas de los vecinos!

Entonces, de común acuerdo,
intentaron arrancarlas.
¡En vano!
Cuanto más halaban,
más al suelo las raíces se aferraban.

Al rato, la tierra se puso a gemir…
luego rechinó, gruñó…
¡Grrr!
De repente, con siniestros crujidos,
se abrió y se tragó de un mordisco
a Malogroso, Testaplana, palas, vestidos,
regaderas y libros.

Los dos vecinos cayeron
durante mucho mucho tiempo,
temblando de miedo,
y aferrándose el uno al otro
preguntándose en coro
si la tortura tendría fin...

Cuando por fin aterrizaron,
vencidos pero sanos y salvos,
permanecieron un momento atontados,
contentos y felices de seguir vivos.

Luego,
desde el fondo del abismo,
adivinando una salida
desde donde un rayo de luz en la penumbra caía,
volvieron a trepar,
y juntos salieron sin chistar.
Y aquí los tenemos.
¡Así es! Del otro lado de la Tierra.

*Desde entonces, nuestros queridos
monstruos del bosque han cambiado.
Primero que todo, ya no son vecinos:
¡ahora viven bajo el mismo techo!
Pero eso no es todo…*

Malogroso
Testaplana

Pues también de este lado,
singulares semillas abundan por el prado.
Decididos a deshacerse de ellas de una vez por todas,
apilaron un montón e hicieron una hoguera.

¡Mmmmmm!
—Qué olor más delicioso! —murmuró Testaplana.
—¡Mmmmmm, qué extraordinario sabor! —susurró Malogroso.

Entonces tuvieron una brillante idea
en un rincón de sus cabezas.

Y allí,
sobre una orilla del camino,
montaron una pequeña tienda,
adonde llegan de muy lejos
—¡incluso del otro lado de la Tierra!—
para degustar su famosa especialidad:
las "semillas de la amistad".

"¡Así es! ¡Otro helado por aquí, por favor!".

7